1868. 16 Mai

**VENTE LE SAMEDI 16 MAI 1868**

CATALOGUE

DE

# TABLEAUX

ANCIENS ET MODERNES

ET QUELQUES

# DESSINS

Y 1/1

| COMMISSAIRE-PRISEUR | EXPERT |
| --- | --- |
| Me CHARLES PILLET | M. FEBVRE |

RENOU & MAULDE

Imprimeurs de la Compagnie des Commissaires-Priseurs,

RUE DE RIVOLI, 144

# CATALOGUE

D'UNE COLLECTION

DE

# TABLEAUX ANCIENS

## DE DIVERSES ÉCOLES

QUELQUES-UNS

## DE L'ÉCOLE MODERNE

ET

## DESSINS ANCIENS

Dont la vente aux enchères publiques aura lieu

**HOTEL DES VENTES, RUE DROUOT, N° 5**

SALLE N° 9

***Le Samedi 16 Mai 1868***

A DEUX HEURES TRÈS-PRÉCISES, LA VACATION ÉTANT CHARGÉE

Par le ministère de Me **Charles PILLET**, Commiss$^{re}$-Priseur, rue de la Grange-Batelière, 20,

Assisté de **M. FEBVRE**, Expert, rue Saint-Georges, 14,

CHEZ LESQUELS SE DISTRIBUE LE PRÉSENT CATALOGUE

**EXPOSITION PUBLIQUE**

Le Vendredi 15 Mai 1868, de une heure à 5 heures.

PARIS — 1868

## CONDITIONS DE LA VENTE

Elle sera faite au comptant.

Les Acquéreurs paieront CINQ POUR CENT en sus du prix d'adjudication, applicables aux frais.

L'Exposition mettant les Acquéreurs à même de se rendre compte de l'état des Tableaux, il ne sera reçu aucune réclamation une fois l'adjudication prononcée.

# DÉSIGNATION

DES

# TABLEAUX

### ASCHE (Van).

1 — Vue de Bruxelles et de la rivière la Senne.

### AUBRY.

2 — Le Passage du gué.

### BALEN (Van).

3 — Diane découvrant la grossesse de Calisto. Dessin au bistre.

### BAUDOIN (Genre de).

4 — Jeune Femme repassant du linge.

### BEHSE.

5 — Femme juive d'Orient.

### BACKUYSEN (S.).

6 — Une ferme de Flandre.

A la porte, une voiture chargée de foin; à gauche et à droite, des animaux; en avant, une femme occupée à traire une vache et un homme mettant du lait dans un seau.

BELLANGÉ (H.), 1839.

7 — Grenadier de la vieille garde. Crayon rouge.

BILCOQ.

8 — Le Nid.

Jeune Villageoise dans une chambre basse, occupée à préparer des légumes; son fils lui présente le produit de sa chasse : un nid d'oiseaux.

Accessoires et figures traitées avec vérité et conscience.

BORIONE.

9 — Portrait d'une jeune Femme. Pastel ovale.

10 — Jeune Fille cousant. Id.

11 — La Sortie du bain. Id.

12 — Le Matin. Pastel. (Esquisse.)

BONNECROY (De), 1655.

13 — Jupiter et Danaé.

BOILLY (Louis).

14 — Jeunes Filles couronnant l'Amour, intérieur; costume de l'époque de Louis XVI.

15 — Portrait de Mlle Contat, de la Comédie-Française. Crayon noir.

BOTH D'ITALIE (Attribué à).

16 — Beau Paysage italien; site accidenté; à droite, de hauts rochers bordés par une route; en avant, près de grands arbres, deux paysans. A gauche, une mare, fond lumineux avec montagnes.

BOUCHOT (Rome, 1825).

17 — L'Amour et Psyché. Lavis au bistre.

BOUCHER (F.).

18 — Vénus couchée. Dessin aux trois crayons.

BOUCHER (Attribué à).

19 — Vénus et l'Amour.

20 — Jupiter et Calisto.

BREUGHEL (PIERRE).

21 — Allégorie des douze mois de l'année.

Paysages avec figures.

BREUGHEL.

23 — Vase contenant de belles fleurs.

CANALETTI (Genre de).

24 — Une Vue du grand canal et du Palais des Doges.

CALLOT.

25 — Halte de Bohémiens.

Ils ont planté leurs tentes; plusieurs apprêtent des mets ou font bouillir la marmite; d'autres jouent aux cartes ou se reposent.

CRÉPIN.

26 — Paysage avec rivière; matinée.

CAROLUS (L.).

27 — Salle d'auberge sous Louis XIII.

CHALLE.

28 — Jeunes Femmes parées de fleurs. Gouaches.

COURT.

29 — Le Sommeil de la Vierge. Pastel.

CORTONI (Pietro di).

30 — Les Filles de Laban à la fontaine.

DAUVIN.

31 — Vue prise à Voreppe.

32 — Les Bords de la Seine.

DYCK (Philippe Van).

33 — Vénus et l'Amour.

EISEN (C.)

34 — Le Chariot improvisé : scène enfantine. Grisaille.

35 — Enfants et Chiens. Id.

EYCK, Jean van (Attribué à)

36 — La Vierge et l'Enfant Jésus.

La Vierge assise allaite son divin fils, derrière la Vierge, deux anges soutiennent une draperie verte ; sur le devant sont posés sur un appui de pierre, un vase contenant des fleurs, quelques fruits et un missel.

FONTENAY.

37 — Fleurs dans un vase posé sur une table de marbre.

FRANCK (F.).

38 — Sainte Barbe et Sainte Hélène.

FRANCESCINI.

39 — La Madeleine repentante.

Assise à l'entrée d'une grotte, elle tient une tête de mort; un ange lui apparaît.

GÉRARD (M^lle^).

40 — Jeune dame assise sur un canapé.

GÉRICAULT (Attribué à).

41 — Charge de hussards.

GIORDANO (Luca).

42 — Le Massacre des concubines de Mitridate.

GONAS.

43 — Fruits sur un tertre.

GUERCINO

44 — La Vierge, l'Enfant Jésus et un ange.

45 — Sainte Famille. Lavis au bistre.

46 — Une scène de l'Inquisition. Dessin au bistre, ventes Crozat et Saint-Martin.

GUIDO René (École de).

7 — Le Sommeil de Cupidon.

48 — La Charité romaine.

HENDRICK.

49 — Le Bain de Diane.

HEYDEN (Attribué à van der).

50 — Canal bordant une habitation hollandaise.

HEERSTRATTEN.

51 — Allégorie du Chant et de la Musique.

52 — Allégorie du Printemps.

HUET J. BAPTISTE (Signé et daté).

53 — Tête d'Enfant.

54 — Deux charmants Dessins en couleur.

Jeune fille sacrifiant sur l'autel de l'Amour et l'Offrande à Vénus.

LACROIX (GASPARD).

55 — Vue prise à Coully.

56 — Coteau près Coully.

57 — Paysage avec figures et animaux.

LAGRENÉE.

58 — Le Sommeil de l'Amour.

59 — Le Sommeil de Vénus.

LAJOUE.

60 — Allégorie astronomique. Dessus de Porte.

61 — Même genre de sujet que le précédent.

LANCRET (D'après)

62 — La Déclaration.

LARGILLIÈRE

63 — Personnage de l'époque du Régent.

LATOUR.

64 — Portrait de Watteau. Pastel.

LEDOUX (Mlle).

65 — Tête d'expression.

LEMBOURG.

68 — Virtumne, sous la figure d'une vieille, cherche à se faire aimer de Pomone.

LÉPICIÉ.

69 — Vieillard préparant son repas.

LAURI (Ph. de).

70 — Nymphe et Satyre.

LOO (C. van).

71 — Femme nue couchée sur un lit de repos.

72 — Jeune page assis tenant un bouclier.

LOTTIER.

73 — Une vue de Constantinople.

MAAS (Nicolas).

74 — Sujet connu sous le titre de la *Femme à la puce*. Dessin à la sanguine.

MARCELLIS (Otto).

75 — Plantes, Fleurs, Insectes et Reptiles. Deux pendants.

MALLET.

76 — La Chambrette des ouvrières. Gouache.

MARNE (Attribué à DE).

77 — Deux esquisses des tableaux 338 et 339 du Musée du Louvre.

MIGNARD (PIERRE).

78 — Dame de la cour de Louis XIV.

MENNERHOUT (J.).

79 — Voiture de paysan et Troupeaux conduits par des pâtres traversant à gué un ruisseau.

MOLA (Attribué à FRANCISCO).

80 — La Sainte Famille dans un paysage, deux anges apportent une corbeille de fleurs.

80 bis — Le Sommeil d'Adonis.

MOREAU LE JEUNE.

81 — La Visite. Gouache.

82 — Vue de l'ancien parc de Monceaux.

Dans le parc, des promeneurs et des personnes assises sur le gazon; dans le fond, un artiste dessine d'après nature.

MAPOLITAIN (PHILIPPE).

83 — La Conversion de saint Paul. Composition capitale, grand nombre de combattants.

NATOIRE (CHARLES).

84 — Quatre beaux Panneaux de décoration. Allégories des Saisons; figures mythologiques de grandeur naturelle.

OSTADE (Genre de ISAAC).

85 — Intérieurs flamands. Deux pendants.

PARMEGIANO.

86 — Moïse présentant au peuple les Tables de la Loi.

PATER (JEAN-BAPTISTE).

87 — Jeunes Femmes au bain. Gouache.

PATER (Attribué à).

88 — Le Colin-Maillard. Sujet gravé.

PRUD'HON (Attribué à)

89 — Mars et la Renommée.

RAOUX (Attribué à)

90 — Intérieur de cuisine avec couple amoureux et ménagère préparant des légumes.

RAPHAEL (D'après).

91 — Sainte Famille.

REMBRANDT (Genre de).

92 — Portrait d'un Guerrier oriental.

RÉEKERS (J.-M.).

93 — Fleurs, Fruits et Gibier.

REGNAUD (Le baron).

94 — Une scène du Déluge. Dessin à la plume et à l'encre de Chine.

RIGAUD (École de).

95 — Gentilhomme de l'époque de Louis XIV.

ROOSEMBOOM (V.-J.).

96 — Canal glacé avec patineurs.

RUBENS (Attribué à).

97 — L'Enfer du Dante. Grisaille.

RUBENS (École de).

98 — Le Triomphe de la Régence sous la reine Marie de Médicis. Charmante composition.

SAINT-ANGE CHASSELAT.

99 — Venise d'autrefois.

100 — Venise d'aujourd'hui.

SERRUR.

01 — Jésus chez Marthe;

SNEYERS.

02 — Combat entre les Espagnols vainqueurs des Pays-Bas et les Flamands.

03 — Soldats espagnols pillant un village.

STY (Attribué à VAN).

104 — Repos d'animaux près d'une rivière.

TAUNAY.

105 — Attaque d'une berline par des brigands.

A terre, un homme mort; une femme aux prises avec un bandit, une autre évanouïe, un homme attaché et un autre tirant un coup de pistolet.

TEMPESTA.

106 — Entrée d'un port de mer italien; clair de lune. Peinture large et vigoureuse.

TÉNIERS (DAVID).

107 — Estaminet flamand.

Sur le devant, un homme assis allume sa pipe; devant lui, un tonneau; dans le fond. trois fumeurs.

TÉNIERS, DAVID (École de).

108 — Fumeurs dans un cabaret.

TINTORETTO (ROBUSTI).

109 — Médée rajeunissant Eson. Peinture d'un beau coloris.

TITIEN (École de).

110 — Bethsabée au bain.

TERBURG, G. (Attribué à).

111 — Portrait d'un jeune Homme vêtu de noir.

VALLIN, 1792.

112 — Le Passage du Gué.

Une villageoise portant un marmot traverse à gué un ruisseau; elle est devancée par des moutons qu'elle conduit; à droite, tertre couronné d'arbres; fond avec plaine. Signé à droite en toutes lettres.

VASARI.

113 — La Vierge mise au tombeau par des anges.

VERDIER.

114 — Vénus et Adonis.

VIEN (Le Baron).

115 — La Décollation de saint Jean.

VIGNON (Claude).

116 — Quatre Panneaux de décoration représentant des sujets allégoriques.

WINCK.

117 — Projet de plafond ayant trait aux conquêtes de Marie-Thérèse.

VINTRACH.

118 — Cour d'auberge.

Un garçon d'écurie apporte l'avoine à un cheval; en avant, à gauche, un homme endormi; à droite, une pompe et des ustensiles de cuisine.

VOIS (Ary de).

119 — Personnage hollandais assis près d'une table couverte d'un tapis d'Orient.

VOLPE (A. La).

120 — Bords de l'Adriatique.

121 — Une Vue du golfe de Naples et du Vésuve.

VRIÈS (Signé de).

122 — Paysage hollandais avec rivière et pont sur lequel passe un cavalier.

WAPPERS (Gustaf).

123 — Le Peintre amoureux de son modèle.

WATTEAU (Attribué à).

124 — Petits Panneaux de décorations, personnages chinois.

WATTEAU (D'après).

125 — Danse champêtre.

WERF (D'après Van der).

126 — La Madeleine repentante.

ÉCOLE FRANÇAISE MODERNE.

127 — Concert et causeries dans un parc.

ÉCOLE GOTHIQUE ALLEMANDE.

128 — Tryptique avec le sujet de l'Adoration des Mages.

ÉCOLE ITALIENNE.

129 — Saint Pierre marchant sur les eaux pour venir à la rencontre de Jésus.

130 — Dieu créant Adam.

131 — La Mise au tombeau.

ÉCOLE ESPAGNOLE.

132 — Sainte Famille. Peinture sur lapis.

133 — Saint Luc écrivant l'histoire de la Vierge.

ÉCOLE ALLEMANDE DU XVIe SIÈCLE.

135 — Portrait d'un Docteur portant longue barbe, moustache, robe noire et collerette blanche.

ÉCOLE DE BOLOGNE.

136 — Les quatre Parties du monde; figures de grandeur naturelle.

## ÉCOLE DE BOLOGNE.

137 — Gravure en couleur. BONNET, d'après HUET : L'Eucothée, charmée de la beauté d'Apollon, se laisse vaincre sans résistance.

138 — Le Carnaval place Maubert, d'après Jeaurat, gravure par Levasseur avant la lettre.

## D'APRÈS LE MÊME.

139 — Le Transport des filles de joie à Saint-Lazare.

## THÉ-HALT.

140 — Gravure à la manière noire d'après Frith, par Ryall.

141 — Deux Médaillons en marbre blanc : les empereurs Auguste et Vespasien.

RENOU ET MAULDE, imprimeurs de la Compagnie des Commissaires-Priseurs, rue de Rivoli, 144. 14616

www.ingramcontent.com/pod-product-compliance
Ingram Content Group UK Ltd.
Pitfield, Milton Keynes, MK11 3LW, UK
UKHW021044260726
13994UKWH00005B/2351

9 782329 416717